狐狸大侦探系列

美术馆盗窃案

〔英〕亚当·弗罗斯特 著
〔英〕艾米莉·福克斯 绘
　　高屹璇 译

人民文学出版社
PEOPLE'S LITERATURE PUBLISHING HOUSE

著作权合同登记：图字01-2023-1437号

Author: Adam Frost, Illustrator: Emily Fox
Title: A BRUSH WITH DANGER

FIRST PUBLISHED IN GREAT BRITAIN BY STRIPES PUBLISHING LIMITED
AN IMPRINT OF THE LITTLE TIGER GROUP
1 CODA STUDIOS, 189 MUNSTER ROAD,LONDON,SW6 6AW
TEXT COPYRIGHT © ADAM FROST, 2015
ILLUSTRATIONS COPYRIGHT © EMILY FOX, 2015

图书在版编目（ＣＩＰ）数据

美术馆盗窃案 / (英) 亚当·弗罗斯特著 ; (英) 艾
米莉·福克斯绘 ; 高屹璇译. — 北京 : 人民文学出版
社, 2019（2023.5重印）
　　（狐狸大侦探系列）
　　ISBN 978-7-02-015313-8

　　Ⅰ.①美… Ⅱ.①亚… ②艾… ③高… Ⅲ.①儿童小
说 – 短篇小说 – 英国 – 现代 Ⅳ.①I561.84

中国版本图书馆CIP数据核字(2019)第115621号

责任编辑　卜艳冰　杨　芹
装帧设计　李　佳

出版发行　人民文学出版社
社　　址　北京市朝内大街166号
邮政编码　100705
印　　制　凸版艺彩（东莞）印刷有限公司
经　　销　全国新华书店等
字　　数　62千字
开　　本　787毫米×1092毫米　1/32
印　　张　3.875
版　　次　2019年10月北京第1版
印　　次　2023年5月第2次印刷
书　　号　978-7-02-015313-8
定　　价　29.00元

如有印装质量问题，请与本社图书销售中心调换。电话：010-65233595

目录

砰，成功了！ 1

一件印象深刻的礼物 11

熊出没 21

威利的超级帮手 32

莫斯科秘密使命 44

迪米特里的双重麻烦 54

威利结冰了 68

裹力斯冻坏了 80

速战速决 93

砰，成功了！

　　早晨九点，威利侦探公司开门营业了。门口，在此等候已久的动物们排着队，它们之中有绵羊、老鼠、猫头鹰、豹猫、鸵鸟等。

　　门里，威利坐在一把扶手椅中，两条腿搭在桌子上，正在用他毛茸茸的尾巴擦拭着手里的放大镜。他看了一眼表上的时间，把放大镜放进抽屉，按下了书桌上的按钮。

孤狸威利

"请第一位客人进来，獴太太。"他对着一台小麦克风说。

"好的，狐狸先生。"一阵清脆的声音传来。

"希望今天能接个好案子，"威利自言自语道，"如果再有什么松鼠跑来让我帮忙找松果吃，我简直……"

正想着，只听见"砰"的一声，紧接着是一阵尖叫。

威利赶紧站了起来，冲出办公室。

门外一片混乱，到处都是灰尘。动物们有的爬上了墙壁，有的从窗户跳了出去，有的飞快地跑下楼梯。

獴太太拍打着胳膊，喊道："请大家有序

撤离。"

威利正要冲下楼梯时，烟尘开始渐渐散去，尖叫声也听不见了，眼前出现了一个苗条的身影，缓缓地踱着步子走进房间。

探长揉了揉眼睛，又眨了眨眼。那个苗条的身影变成了一只优雅的贵宾犬，她有着一双棕色的大眼睛和一身柔软的黑色皮毛，头上斜戴着一顶红色贝雷帽。

"在出场时，烟花往往派得上用场。"她带着一口浓重的法国腔，还夹着猫咪的呼噜声，说完挥了挥手中的烟花包装纸，"希望你不要介意我——怎么讲——插队。"她补充道。

威利勉强挤出一丝微笑。"怎么会。如此有用的小技巧，我以后也要学着用用。"

"狗狗们都会用，"贵宾犬说，"我还能教你更多。不过现在不行，以后吧，给你好好露几手。"

她走过空空如也的前台，对那位还在惊吓中的獴太太微微一笑，径直走进了威利的办公室。

"没关系，獴太太，"威利说，"这里就交给我吧。"他在书桌后坐了下来，贵宾犬便开口说话了。

"我叫小犬苏西娜娜，拥有一间巴黎最高档的私人美术馆，里面的一些藏品在全世界都享有盛誉。你自己看看……"

"有趣极了，女士，不过我是个侦探，不是艺术评论家。"威利说完，"啪"的一声合上了展品

爪印画

暗黑骨头

目录，"这跟我有什么关系？"

"我最近看上的一幅画给我惹了大麻烦。"苏西说。

威利眨了眨眼。"好吧……"

"两周前，我从一位俄罗斯棕熊开的画廊里买了一幅画，他叫迪米特里·戈塔伯特米奇。画不大，看起来有点奇怪，但我很喜欢它。第二天，我接到了一个电话。"

"谁打来的？"威利问。

"迪米特里。他告诉我画廊的助理搞错了，那幅画不能卖，想从我这里把画要回去。"

"那么——我猜——你不答应？"

"我当然不答应。我一眼就看上了那幅画。我愿意再多付他点钱——十倍的价——但他仍旧坚持把画要回去。然后他用了一连串粗鲁的词来称呼我。嗯，此事千真万确。还从来没有谁如此粗鲁地对待过小犬苏西娜娜，我一气之下挂了电话。"

　　"这不像是一个商人该有的反应，"威利嘟囔着说，"竟然拒绝了十倍的出价。"

　　"昨天，我还收到了这个。"苏西说。她递给威利一张纸条：

> 这是你最后的机会。
> 快把我的画还给我，
> 否则别怪我翻脸不认人。

　　威利看了一眼笔迹，又把纸凑近鼻子嗅了嗅。他认得这个气味——是棕熊的，但好像还有别的……

　　"不得不承认，这张纸条搞得我坐立不安。"苏西说，"我把美术馆关了，暂时不对公众开放。门也锁了，还安了警报装置。然后直接买了到伦敦的机票，赶到你这儿了。"

　　威利抬头看了她一眼。"看来你并不打算把画还回去。"

她摇了摇头。"一开始，这家伙就非常无理；现在，他还威胁我。也许我外表看上去只是一只百依百顺的贵宾犬，但骨子里是一只骨气十足的罗特维尔狗，我也不是好惹的。"

"你不打算报警？"

"万一警方和迪米特里是一伙的，让我把画还回去呢？"苏西说，"再说了，警局里的家伙都是些木头脑袋。我想留下这幅画，而且我想搞清楚，为什么迪米特里会不择手段想把画要回去。我总觉得事情背后没那么简单。"

"没错！"威利说，"那么，这个案子我接了。现在立马回你的美术馆，我很快就会去。你已经上了锁，安了警报装置，但迪米特里也有撬棍和钻子。我们首先要提升美术馆的防御等级，然后再来看看这幅画到底有何来头。"

"非常感谢，狐狸先生，"苏西说，"我就知道你靠得住。今天下午巴黎见。"

贵宾犬拿起她的展品目录走了。

威利按下了桌上的另一个按钮。话筒里传来"噼啪"的声音。"刚才说的你都听到了，艾伯特？"他问。

一个又高又尖的声音回答道："当然。"

"非常好，"威利说，"我这就下去。"

他走到书柜前，抽出了一本《了不起的狐狸先生》。这时书柜开始滑动，露出一条消防杆，它至少有一米长。

威利从墙上取下一双手套和护腿垫。然后，他跳上了杆子，开始往下滑。几分钟后，威利用护腿垫夹紧消防杆开始减速并最终落在了一块柔软的垫子上。这儿是一个地下实验室的中心。

"早，艾伯特，"威利说，"你今天为我准备了什么？"一只戴着厚底眼镜的小鼹鼠从暗处探出脑袋。

"我听说你要去巴黎……"他猛地拉了一下手

边的粗绳，帷幔拉开了，亮出了一
辆轻型摩托车。

"这是意大利产的大黄蜂牌，"
他说，"它在巴黎非常流行，但你的
这辆稍有不同。"鼹鼠拉动了车子的
操纵杆，车尾立马弹出一只火箭筒。

"它上可飞天。"艾伯特露
出自豪的神情。

说着，他又拉动了另一根操
纵杆，从车头弹出了一只巨大的长得
像开瓶起子的装置。"下可入地。"

他接着指了指第三根操纵杆。"如果你
再拉那根，车子就变成了潜水艇。"

"哇，"威利说，"还有什么别的吗？"

"还真有，"艾伯特说，"只要你一吹口
哨，它就会自动来到你的身边。有效距离
一百米以内。还有，只要点击这个屏幕，
你就随时可以和我通话。"

威利笑了。"可以用这个点咖啡吗？"

"噢，当然不行，"艾伯特抱歉地说，"我没设计这个功能，嗯，让我想想看……"

"我就是开个玩笑，艾伯特，"威利说，"这辆车太棒了！"说着，他坐了上去，"现在，我要看看它的火箭筒是怎么运作的。我必须中午前赶到巴黎。"

一件印象深刻的礼物

此刻威利已经来到了苏西的美术馆——巴黎娜汪馆。馆内洁白的墙壁上每隔几米就会出现一些烟灰色的方格。

"画都去哪儿了？"他问。

苏西笑了。"这些方格都是我今年年初安在墙上的，现在觉得自己当初好明智啊。"

她从口袋里拿出一只遥控器，按下了红色的按钮。只听见一阵"嗡嗡"的声音响起，灰色的方格开始翻转，背面露出苏西收藏的画作。

"聪明，"威利说，"迪米特里肯定没机会了。那么，哪幅画是他想要拿回去的？"

苏西迈着轻盈的步子来到房间尽头，指着一幅小画说："这张。"

果然是一幅看上去很奇怪的画。

威利看了看下面的描述："一只田鼠正注视着一只紧张的潮虫。作者：康狗斯基。"

"是不是觉得不可思议？"苏西说，"理解这幅画有很多维度。每次看它都会发现一些新东西。"

"它的确很……与众不同。"威利一边说一边扫视苏西美术馆里的其他作品。

"所以我还挺激动的，"苏西说，"康狗斯基是个新发现。"

这时，一阵敲门声响起。苏西按下了遥控器上的按钮，画开始翻转，只留下满墙的方格和光秃秃的墙面。

"藏起来，"威利说，"我去看看。"

探长慢慢走到门口，摆出了一个中国功夫里准备格斗的姿势。他把爪子轻轻放在门把手上，打开了一条缝。什么也看不到。他又把门缝开大了一点。一只松鼠突然蹿了进来，她惊讶地问："威利！你在这儿干吗？"

眼前的松鼠身穿警察制服，名牌上写着："松鼠西比尔，中级警长，PSSST（警侦与反间谍特别行动小组）。"

"西比尔！"威利喊了出来，"我还想问你这个问题呢！"

"法国政府联系了我们，"西比尔解释道，"苏

西娜娜的美术馆突然停止对外开放。没有声明，没有解释，看起来很可疑。"

"好吧，事情并非如你所想。"

"噢，当然，"西比尔咧嘴笑着说，"那么，你在这里干吗？"

话音刚落，一只满脸不悦的斗牛犬冲出来，把西比尔撞到了一边。

"狐狸威利！"他生气地叫着，"我早就该猜到了！"

"斗牛犬裘力斯。"威利一边回答，一边虚情假意地鞠了个躬。

"你破坏了犯罪现场！你得给我三个不逮捕你的理由！"裘力斯说。

苏西娜娜站了出来。"因为这儿不是犯罪现场，先生。这儿是我的美术馆，狐狸先生是我请来的。"她说。

有那么一瞬间，裘力斯盯着眼前这位美丽优雅的贵宾犬出了神，但他很狡猾地掩饰过去了。

"我不知道他和您说了什么，女士，但是如果您遇到了问题，应该来找我——警侦组组长——而不是这个喜欢多管闲事的笨蛋。"

"我没有遇到任何问题，"苏西说，"狐狸先生只是我的好朋友。"

裘力斯看了看美术馆光秃秃的墙，又回头盯着苏西。"如果您没有遇到问题，那您的画都去哪儿了？"

苏西眨了眨眼说："它们很安全。"

"没被偷？"

"没有。"

"我不相信。"

"我才不管你信不信。"苏西说。

"要么拿出证据，要么就让我逮捕您。"

苏西叹了口气。"那就来吧，逮捕我。"

苏西伸出胳膊，等着被戴上手铐。四周一片令人紧张的沉默。这时，一阵敲门声响起，在场的每个动物都吓了一跳。威利走过去准备开门。

"你回来，"裘力斯低声怒吼，"西比尔，去看看是谁。"

松鼠小心翼翼地打开门，走了出去。他们先是听到了一阵低沉的交谈声，然后看到西比尔回到了房间，手里拿着一个包裹。

"给苏西娜娜小姐的包裹，"她说，"说是一位仰慕者送的。闻起来像是拐角那家高级奶酪店的。"

"把包裹给我，西比尔。"威利连忙说。

"不可以。"裘力斯说着，挡在了威利和包裹之间。

"裘力斯，别犯浑，"威利说，"你不知道包裹是谁送的，也不知道里面是什么。"

"那么你知道咯，"裘力斯说，"奶酪店也是本次阴谋的一部分？包裹里是钱，还是一幅走私画？"

"裘力斯，别打开它。"威利咆哮道。

然而裘力斯已经怒气冲冲地揭开了包裹的盖子。"我倒要一探究竟。"他嘀咕着。

斗牛犬把爪子伸进了包裹，掏出来一块黄色奶酪。他皱着眉头闻了一下，立刻把包裹扔在了地上。

"不！"威利叫喊着跳到奶酪上，用身体遮住了盒子。

"那是什么？"西比尔大声地问。

"这是'蛮臭'，巴黎最难闻的奶酪！"威利说，"无论谁，闻一秒就会昏迷，闻一分钟就会被毒死。带上苏西，快离开这里！"

已经有黄色气体从威利外套的边沿散发出来。

西比尔一把拉上苏西，冲向美术馆后面的小门。他们低着身子快速向外跑，这时有两匹戴着防毒面具的狼破门而入。

狼对着已经失去意识的裘力斯窃笑，并从他

的身上踏了过去。

威利感觉到身子下的奶酪正在嘶嘶地、咕嘟咕嘟地冒着气泡，想要释放它的毒气。狼仔细打量着威利，只见他躺着一动不动，双眼紧闭。

"他哪儿都去不了。"其中的一匹说。

"他不会给我们造成什么麻烦的。"另一匹说。两匹狼讲话时都带着浓重的俄罗斯口音。

第一匹狼把一个装满工具的背包放在地上，从中拽出一根铁撬棍。

威利感到一阵天旋地转。突然他灵光一现。"哼嗯嗯嗯，噗呜呜呜……"他说。

"什么？"第一匹狼问道。

"哼嗯嗯嗯，噗呜呜呜……"威利说着，招手示意狼靠近他。

狼向前倾了倾身子，把脸凑近威利的脸。"什么？"他大声咆哮。

说时迟那时快，威利一只手拿出奶酪，另一只手拉开狼脸上的面具，把奶酪塞进了他的嘴巴里。狼还没反应过来，就把奶酪吞了下去。他的脸马上开始变红，过了一会儿开始泛紫。

最后他跑出画廊，两只耳朵冒着黄色的气体。

威利突然从地上一跃而起，四处找寻另一匹狼，但是此刻美术馆里似乎连半个影子也没有。突然，他感到背上被人重重一击，眼前瞬间一片

漆黑。

　　时间一分一秒地流逝着。威利感觉自己被谁拼命摇晃着。他睁开眼睛，看见苏西正俯在他的身上。威利坐起来，摸了摸头。

　　"大家都好吗?"他问。

　　"除了裘力斯还在昏昏沉沉地说胡话外，大家都很好。"她说。

　　"画呢?"威利问。

　　"不太好，"苏西说，"我的康狗斯基的作品不见了。"

熊出没

威利骑着他的大黄蜂牌轻型摩托车在大街上飞奔。他轻轻地点了点把手之间的屏幕。

"艾伯特,你在吗?"他说。

很快,艾伯特就出现在了屏幕的另一端。"我在呢,威利。"

威利从背景中看出,鼹鼠把临时总部搭建在了巴黎的下水道里。"我需要帮助,"威利说,"我要去迪米特里·戈塔伯特米奇的办公室,就在埃菲尔铁塔的边上。"

"我以为你在苏西的美术馆里。"艾伯特说。

"刚从她那儿出来,"威利说,"有两匹狼闯进了美术馆，拿走了苏西的画。我差点被臭奶酪熏死，还不知被谁从背后袭击了……这个以后再说。我现在需要找到这两匹狼。"

"你觉得他们还会把画带到迪米特里的办公室吗？"

"这不好说，"威利说，"但我确定这事和棕熊有关。"

威利掉头开进了另一条街。

"他们是怎么把画偷走的？"艾伯特问。

"说来话长，总之裘力斯也出现了。"威利说。

"裘力斯？"艾伯特说，"警侦组也去了？这也太奇怪了。"

"我也觉得，"威利说，"他一出现我就感觉事情没那么简单。肯定不单单是画的问题，艾伯特。苏西的美术馆里有那么多幅画，狼怎么只偷康狗斯基的作品？我们还差点被奶酪熏死，谁会为了一幅画而起杀心？"

"是很奇怪。"艾伯特说，"你需要我做什么？"

"帮我查查康狗斯基，"威利说，"我需要搞清楚是什么让迪米特里这么牵肠挂肚。"

"你说的没错。"艾伯特说。

威利关掉了屏幕。他抬头看了一眼埃菲尔铁塔，继续向前开去。他把轻型摩托车停好，打算最后几百米步行过去，这样就没有谁会注意到他。等快走到迪米特里的办公室时，他躲在了一丛树篱下。

门外，威利看到了一匹狼。办公室前停着一辆大货车。一只年轻的山羊搬来一张书桌塞进后车厢，然后坐进了驾驶座。

"这就要逃了，迪米特里?"威利嘟囔着。

探长知道必须再靠近一点。他穿过马路，身体紧贴着货车，然后往后车厢里看了一眼——车里没有画，都是些办公用品。威利又看了眼门口的狼，于是有了个主意。

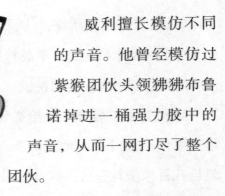

威利擅长模仿不同的声音。他曾经模仿过紫猴团伙头领狒狒布鲁诺掉进一桶强力胶中的声音，从而一网打尽了整个团伙。

现在又有机会一秀自己的口技本领了。

他把手放在口鼻处，开始喊道："我怎么会落到这步田地？"声音听起来像是从车厢里发出来的。

狼抬头看了一眼。

"我这是在哪儿？救命啊！"威利又喊道。

狼立马顺着声音跑过去，把身子探进车厢左看右看，一脸疑惑的样子。只听"砰"的一声，威利身手敏捷地关上了车厢门。

"出发吧，师傅。"威利说，一口浓重的俄罗斯口音。

发动机立刻发动，车子上路了。威利听到从后车厢传出狼一边大骂一边用爪子猛敲车厢门的声音。

"解决了一个。"威利说。

他蹑手蹑脚地走进迪米特里的办公室，用鼻子小心地嗅着。他闻到了狼的味道，还有……熊。

必须抓紧时间——他轻轻地潜入第一间办公室。

这是间废弃了的办公室。除了角落里的一把椅子和墙上空荡荡的保险柜，房间里什么都没有。

不一会儿，他感到脚上痒痒的，有什么东西在挠似的。他低头看了看，一张白色的三角形纸片从地板缝中冒出来。肯定是迪米特里和他的狼伙伴们在匆忙搬走时不小心落下的。纸片夹在地板缝中，只露出一角。威利小心翼翼地用手指抓住小三角形往外拽，出来的竟然不是一张纸，而是三张。

第一张上写着：

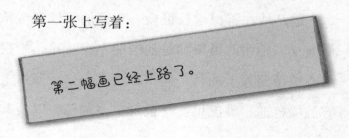

第二幅画已经上路了。

纸上的字迹看起来很熟悉，威利觉得之前在哪儿见过。但是在哪里呢？

第二张纸其实是一张照片，威利看了更加心惊。

这是他在警探学校最后一年照的，就在考试周前夕。拍照的摄影师是他的朋友克拉拉，她很细心地帮照片上的每个同学都洗了一张，照片上有浣熊鲁迪、獾巴里、仓鼠希尔德加德，以及其

他几位同班同学。

但是照片怎么会出现在迪米特里的办公室里？难道他从警探学校毕业的朋友中有谁在帮助俄罗斯熊？这说不通啊。会是谁写的呢？为什么要这么做？

他看了一眼第三张纸片。

克劳德快递
　　一幅康狗斯基的画作，已成功送达以下地址：
　　新锐美术馆，旧时光码头，法国巴黎。

这是一张快递单，也就是说康狗斯基的作品不止一幅。但是如果迪米特里已经把这幅康狗斯基的画卖给了新锐美术馆，那为什么不愿意卖一幅给苏西呢？

威利的脑袋一下子被这么多的新线索搞得乱

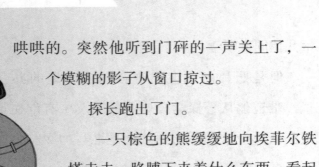

哄哄的。突然他听到门砰的一声关上了，一个模糊的影子从窗口掠过。

探长跑出了门。

一只棕色的熊缓缓地向埃菲尔铁塔走去，胳膊下夹着什么东西，看起来像是一幅卷起来的画。

迪米特里！

威利迅速跑过去，紧紧地跟着他。

熊走到埃菲尔铁塔前，抬头看了看，随后顺着铁塔的金属杆一点一点地往上爬。

威利想也没想就跟着往上爬。他沿着铁塔的一侧，手脚并用。

不一会儿，一阵隆隆的声音传来，震得铁塔也跟着摇晃。熊抬头看了看，头顶上此刻是一架直升机。他向直升机挥了挥手。

威利没时间迟疑了，只得纵身一跃，跳上了迪米特里的后背。但是熊把他甩了下去，继续往上爬。威利再次往上跳，一把抓住了迪米特里的一只脚。这一次，熊的爪子抓空了，掉了下来，落在了威利的头上。他们扭打在一起，威利趁乱刚抢到画，就被迪米特里抢了回去。那熊继续往上爬。

在最后一刻，威利用尽浑身力气扑向迪米特里，从他的胳膊下拽出了画卷。画卷在空中展开，但是上面什么都没有，只有一行字：

棋差一招，狐狸先生。

直升机上的软梯早已放下，这时熊抓住了梯子。威利气极了，跳起来抓住迪米特里的一只脚，但是这一次居然把它扯了下来。接着，迪

米特里的双脚双腿到后背都被扯下了，威利意识到自己手里握着的不过是一套以假乱真的熊外套。

"迪米特里？"他问。

只见一匹狼正趴在塔上，手里还拿着一只狗熊脑袋。"我可不是，"他大笑着回答，顺便指了指地面，"那才是迪米特里。"

威利一低头，看到一只熊手里拿着一幅画，爬进了一辆出租车。

狼纵身一跃爬上了软梯。"我在美术馆里就该把你杀了，"他咆哮着，"不过，这种方式更有趣。"他把熊的脑袋砸向威利。威利从塔上掉了下去。

威利感觉自己像是一块从天而降的石头，落向地面。

威利的超级帮手

威利下落的速度很快，他的耳边不时地响起嗖嗖的声音，视野里埃菲尔铁塔的金属框架也跟着迅速移动。就在这时，他想起了艾伯特改装的那辆轻型摩托车，只要一吹口哨它就能出现在身边。

威利试着吹了一下口哨，但因为下落的速度太快，一张口空气都跑进了嘴里，嘴唇也不听使唤。他低下头，看着离自己越来越近的地面，用力试了第二次。这次是一阵尖细而且微弱的声音，然而大黄蜂牌轻型摩托车并没有出现。

威利感到一阵绝望。他把两根指头放进嘴里，

用了吃奶的力气吹出一声口哨。那声音是狐狸特有的，和狼的有点像，但要更加尖厉刺耳。五十米开外的小巷子里，"大黄蜂"的火箭筒发动了。它向空中冲去，赶在威利落地前接住了他。威利靠在座位上，还在因为寒冷和紧张喘气而发抖。"大黄蜂"此刻缓缓地飘浮在空中，等待着主人发出下一个指令。

几秒钟过后，两只鸽子盘旋在侦探头顶上方的空中。

"看呀，皮埃尔，"其中一只鸽子打趣地说，"狐狸也会飞了。"

"哇哈！"威利大声叫着坐了起来。他驾着"大黄蜂"从空中起飞，落在了埃菲尔铁塔上。

他抬头看了看天空，直升机不见了。他又看了看街道，那辆来接迪米特里和画的出租车也不见了。

但至少他还活着。此刻他觉得，大难不死必有后福。

但是真可气，太可气啦。

威利敲了敲屏幕，艾伯特出现了，身后是一排摆满书的大书架。

"艾伯特，"威利说，"你在哪儿？"

"图书馆，"艾伯特说，"连一条关于康狗斯基的索引都没有，他的画也没有。"

"呵呵，有趣了……最新发现，"威利说，"我怀疑幕后嫌疑人可能是我的一个朋友。"

他拿出在迪米特里办公室发现的照片给艾伯特看，并解释照片上的动物都是他在警探学校的同班同学。

"艾伯特，"威利说，"我想你帮我把这句话的笔迹和照片上我的所有同学的笔迹一一核对。就是这句：'此乃狐狸威利。'"

"好的，"鼹鼠说，"把照片贴在屏幕上划一下。"

威利把照片对准屏幕划了一下，艾伯特手里的平板电脑上出现了一模一样的版本。

"看看是哪只动物写的。"威利说。

"马上就好。"艾伯特说。

"我倒是要看看他们为什么这么写。"威利说。

"要小心，威利。"艾伯特说。

屏幕变黑了。

威利拿出了在迪米特里办公室发现的第三张纸片：

克劳德快递
　　一幅康狗斯基的画作，已成功送达以
下地址：
　　　新锐美术馆，旧时光码头，法国巴黎。

新锐美术馆

"我看是时候去趟新锐美术馆了。"威利大声说。

他骑着轻型摩托车一路向旧时光码头开去，时不时地绕开原路，走走小路，确定没有被跟踪。到达目的地后，他看到一个标注了新锐美术馆方向的指示牌。沿着指示牌给出的方向，威利朝左转了个弯。奇怪的是——眼前没有路了。

威利看着面前的一切。新锐美术馆应该位于一座小岛上，小岛和大陆之间由可移动的桥梁连接。现在桥被吊起来了，另一端站着一只看起来凶巴巴的山羊。

难道美术馆还禁止参观吗？威利暗自思量。

他想过游过去，但水流湍急，水质浑浊幽暗。

他低头看了一眼那辆大黄蜂牌轻型摩托车，突然想到——"大黄蜂"可不只会飞。

山羊听到了拍打水花的声音，向周围看了看，但威利和他的"大黄蜂"已经消失不见了。每当"大黄蜂"遇水，车前就会出现一个由有机玻璃制成的透明泡泡，轻型摩托车把手之间的屏幕开始翻转，一只巨大的螺旋桨砰的一声从车后冒出来，"大黄蜂"摇身一变，成了潜水艇。

威利小心翼翼地驾着潜水艇往小岛开去。快靠近岸边时，他按下了控制板上的蓝色按钮，一架潜望镜嗡嗡地从轻型摩托车的把手之间探了出来。

此时已经入夜了。威利从潜望镜看出去，美术馆里没有半点生气。所有的灯都熄灭

了，门窗紧闭。

他继续驾着"大黄蜂"往小岛的方向驶去，眼看就要上岸了，他按下按钮，当啷啷，嘎吱吱，"大黄蜂"从水底来到了陆地，摇身一变成了轻型摩托车，一点也没留下走水路的痕迹。

探长从摩托车的后车箱里拿出了手电筒，朝着美术馆走去。一路上，他小心地观察着四周，生怕遇上保安，结果连个影子都没看见，只是高高的篱笆上面缠绕着倒刺。

威利用牙齿使劲地啃，终于在篱笆上咬出了一个洞，他缓慢地从洞里爬了进去，然后偷偷来到美术馆前。

门是锁着的。威利从内侧口袋里拿出了一枚发卡，不到三秒就把门打开了。

"这可是我的看家本领。"他嘟囔着说道。

终于进了美术馆，威利打开了手电筒。他看到两侧墙上都是大大小小的方格，猜测以前这里

应该都挂着画。在楼梯中间，威利看到了一些
形状古怪的东西，大概是些雕塑。

　　他现在的首要任务是找到康狗斯基的
画。威利来到离他最近的一面墙，用手电
照了照墙上的方格。奇怪了，这根本不
是一幅画。事实上，这不过是一张有签
名的法国足球队的照片。他又把手电
转向了另一块方格，发现那也不是
什么画，而是一张日历，上面标
注了每个月的赛车时间。再下
一个方格里是写了一串名字的
白板。
　　　　威利打着手电扫视
了整个房间，才意识

他刚才看到的那些形状古怪的东西，不是画，也不是雕塑。它们不过是些汽车发动机、布告板、工作台、扳手、螺丝刀和轮胎。

这是一个车库。

为什么会把画送到车库来呢？既然是车库，为什么还要用缠绕了倒刺的篱笆把它围起来呢？

威利四下打量着，寻找其他线索：他把手电筒对准了工作台，发现了一张便条，上面的笔迹和威利同学合照上的笔迹一致：

"'前两幅已送达'，"威利自言自语道，"也

前两幅已送达，想必你已经收到。迪米特里将给你发来第三幅。今晚我会从莫斯科寄出第四幅。你一共需要六幅。

就是说应该有两幅画在这里，说不定就在某个角落。"

探长看了看整个车库，发现一块棕色的布下面盖着什么东西。

他走到车库的另一端，揭开了那张布，下面有两幅画。画的风格和苏西娜娜美术馆里的那幅康狗斯基的画一模一样。

威利迅速拍了照，把它们发给了艾伯特。现在，他需要思考，认真地思考。然而就在这时，

电话响了。

探长瞬间惊住了。

墙上挂着一部红色的电话机。他向四周看了看——难道这里有保安执勤？一旦被电话铃声吵醒，就会从隔壁的某个房间出来吗？

电话响了五声后，没有丝毫动静。

威利走过去接起了电话。他用自己的手机抵住话筒，打算把整个通话都录下来。

电话的另一头却一直沉默。

威利只好用尽量地道的法语说了句："您好！"

接下来又是一阵沉默。突然，沉默中响起一个声音："巴黎不安全。"

声音被扰频器处理过了——既听不出年龄大小，也不知道对方是男是女。

迪米特里搞砸了，狐狸威利正在调查他。迪米特里现在正赶往莫斯科。快把画送回来。我们把地点改到了马德里。

只听咔嗒一声，电话挂了。

威利把电话放了回去。案子变得更复杂了。

这时威利的电话响了，是苏西。

"威利，"她说，"我被逮捕了。"

莫斯科秘密使命

"冷静，苏西，"威利说，"告诉我发生了什么。"

"是斗牛犬裘力斯，"苏西说，"他说他已经联系了警侦组俄罗斯分部。他还说康狗斯基根本不是什么画家。"

"恐怕……他可能真不是。"威利说。

"他怎么不是？"苏西说，"难道画还有假？实实在在的一幅画

啊，不是他画的难道是
机器画的吗？"

　　苏西的话让威利一下
子惊住了，他思考了一秒，
然后问："就算康狗斯基不是
画家，裘力斯也没道理逮捕你呀。"

　　"他一口咬定我知道内情，"苏西说，"因为
我买了那幅画，所以他认为我给了迪米特里很多
钱。他觉得我要么涉嫌走私，要么隐藏了什么秘
密，谁知道他怎么想的，一个劲地让我'坦白交
代'。但是我哪知道该坦白什么！所以就被他关进
监狱了。"

　　"我会来救你的，苏西，"威利说，"但我得先
去趟莫斯科。"

　　"莫斯科？"

　　"我在旧时光码头附近的车库里发现了一张便
签，上面说第四幅画将在今晚从莫斯科寄过来。
要寻找迪米特里的下落，就必须去趟莫斯科。"

"哦，不，你不能去。"一个声音从威利的背后传来。

灯被打开了。威利慢慢地转过身，把手机放回口袋里。那只外表冷酷的山羊和一只凶巴巴的黄鼠狼此刻站在了威利的面前，他们的手里都拿着警棍。

威利迅速思考着。"终于来了！"他喊道，"这

就是你们的服务态度！我在这儿都等了六个小时了！"

山羊和黄鼠狼彼此看了一眼。"演得不错，兄弟。"黄鼠狼说。

"我两周前就把车开到这儿来做保修了。你当时说第二天就能取车，可你看看多少天过去了？"威利质问道。

"这不是普通的车库，先生。"山羊说。

"是你们和我说，"威利说，"让我把轻型摩托车停在草坪上。我敢打赌，它还在那里！我敢打赌，你们连动都没动——更别说维修了。"

他推开山羊和黄鼠狼，大步流星地朝门外走去。

"先看看怎么回事。"黄鼠狼一脸狐疑地说着。

威利来到了篱笆附近，打开大门，大步向他的"大黄蜂"走去。山羊和黄鼠狼跟在后面，彼此窃窃私语。

"我说什么来着，"威利指着"大黄蜂"说，

"我敢打赌这车还是坏的！"

他骑上了"大黄蜂"，轻轻地敲了敲驱动推进器，切换到了飞行模式，发动机迅速转动起来。

威利咧嘴而笑。"你们把它修好啦！"他高兴地喊道。

威利嗖的一声冲向了天空，几秒钟的工夫，山羊和黄鼠狼就变成了视野里的两个小点。几分钟后，他就已在巴黎上空盘旋了。

威利看了看"大黄蜂"的汽油量表，到莫斯科差不多够了。他通过屏幕呼叫艾伯特。

"啊，威利，"艾伯特说，他身旁是一个个墨

水瓶，"你能来电话太好了。最新进展，我分析了你给我的那张照片上的笔迹，但是没有找到照片上任何一个动物的笔迹样本。"

"听上去不算什么进展啊。"威利说着轻轻一转，把车开到了左边的车道。

"别这么说，看看这些字的笔画顺序、长度、角度和倾斜度，我利用这些线索模拟出了拿笔写下这几个字的动物爪子，应该是只狐狸。"

"一只狐狸？你确定？"

"确定、一定以及肯定。"艾伯特说。

威利拿出了相片和笔，在不是狐狸的动物身上打了叉。

现在只剩下三只动物了——狐狸弗朗基·弗隆、狐狸维姬·维克森和狐狸桑迪·斯威夫特。在学校时，这三只动物可都没有犯罪记录。

"好吧，"威利说，"我现在给你发一个音频文件。数据有些混乱，不过他应该就是这起案件的幕后操纵者。看看你能否找到什么线索。"

"我试试。"艾伯特说。

威利谢过艾伯特后，把屏幕切换到"大黄蜂"的控制面板。他按下了"自动飞行"按钮。

屏幕上出现了一条信息：目的地？

威利输入：莫斯科，俄罗斯。

这时，"大黄蜂"脱离了威利的掌控，车辆开始自动飞行。威利的座位向后倒去，嗡的一声变成了一张床，头顶上砰的一声弹出车篷，一张毯子从后备箱中飞出。探长躺了下来，开始思考。

案子进展到现在，到底发生了什么？所谓某画家的三幅画也许根本就不存在。一位俄罗斯艺术品经销商一直在给车库寄画。而这一切的幕后操纵者是一只狐狸，这只狐狸还和威利有着某种联系。

一个名字在威利的脑袋中一闪而过，然而还没等他回忆起来，就很快沉沉地睡去了。

威利从一阵颠簸中醒来了，他

急忙坐起来，看到汽油量表上的灯在闪。油快用完了。他透过窗户向外看了一眼，莫斯科就在脚下了。

"大黄蜂"努力保持基本的空中飞行高度，但还是免不了盘旋下降。此时威利只能作出一种选择——跳伞。

他打开了"大黄蜂"的后备箱——迅速判断哪些物品需要随身携带。他带上了记事本、放大

镜和夜视眼镜。这时，他发现急救箱里露出一缕棕色的毛发。

他想起了在埃菲尔铁塔上的经历，当时在追着狼往上爬的时候，他拽下了他的熊外套。紧接着，威利来不及反应，就抓着这件外套向地面坠去。所以现在，这件熊外套也在大黄蜂上。

探长穿上了熊外套，很合身。

"大黄蜂"颠簸得越来越剧烈。威利敲下了蓝色按钮，屏幕上出现了一行字：

确定弹射？

"大黄蜂"还在颤抖，并开始坠向地面。

威利敲下了"是"的按钮。

座椅从"大黄蜂"的顶部弹射飞出，在空中飞行几百米后，一个降落伞迅速打开。

降落伞慢慢地、晃晃悠悠地、带着威利安全降落在了莫斯科。

但他看上去已经不是威利了。因为要入境俄罗斯，威利必须假扮成迪米特里·戈塔伯特米奇。现在只有一个麻烦——莫斯科将会出现两个迪米特里。

"莫斯科就那么一点大，可容不下两个迪米特里。"威利嘟囔着说。

迪米特里的双重麻烦

威利降落在了红场中央。他四下看看,好一个千里冰封的世界。然而他很快发现,周围这些闪闪发亮的东西不是冰,而是发着寒光的武器。三十名士兵围住了威利,拿枪对准了他的鼻子。

侦探站起来,挥手拂去了熊外套上的雪花。他试图回忆起几句俄语。三年前他为了一个绑架宇航员的案子,曾潜入俄罗斯黑手党内部。

一句俄语出现在他的脑海里。"你们不

知道我是谁吗?"他说。

士兵们彼此交换了一个眼神,却不曾挪动一步。

"我是迪米特里·戈塔伯特米奇。"威利说。

一个士兵低声说道:"他是总统的朋友。"

"快点带我去我的画廊。"威利说。

"可他是从哪儿来的?"一位年纪稍长的士兵抬头看了看天空,用低沉的声音怒气冲冲地说道。

"我从克里姆林宫过来,执行总统的高级机密任务。快点带我去画廊,否则就把你们流放到西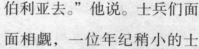伯利亚去。"他说。士兵们面面相觑,一位年纪稍小的士

兵有些动摇了。

"给他叫辆出租车,我可不想去西伯利亚。"

两名士兵护送着威利来到了停在红场边上的出租车乘客点,他们上了第一辆车。

"早上好,戈塔特里米奇先生,"司机说,"您是要去画廊对吧?"

威利在熊外套里点了点头。

"请坐好,先生。"司机说。

差不多二十分钟后,他们来到了画廊前。

一匹狼一路小跑过来,给司机付了钱,打开车门迎接威利下车。

"回来了,老板。"他说。

熊外套里的威利再次点了点头,然后快步走进了前门。

"奥斯卡的画快完工了,您是否想去看看?"狼靠近侦探身边说。

威利第三次点头,跟着狼穿过走廊。他们走过了一间展厅,里面都是名家作品。穿过展厅,他们来到了一扇厚厚的安全门前，旁边是一台指纹识别解锁装置。

威利在熊外套里抬起爪子，按在了识别器上。

识别器的红灯亮了。这不奇怪，外套只能伪装容貌，却不能复制指纹。

威利愣了一秒，然后生气地再一次抬起爪子。

识别器的红灯又亮了一次。

"破机器！"狼生气地骂道，并把自己的爪子按了上去。

随着一阵嘶嘶的声音，门开了。

"老板，您请。"说完，他转身退到了走廊上，把威利留在了门里。

威利发现自己身处一个大房间，四周白色的墙壁上摆满了画笔、石膏模具、油画布和几只已经用完的空颜料瓶。

房间中央，一只水獭正站在一幅奇怪的画前，他的脚踝上戴着锁链，不能自由移动。画看上去是这样的：

　　水獭转过身。"快完成了，"他说，"只要再往这里加一个圆环就可以了。"

　　威利看了一眼水獭，迅速作出了一个大胆的决定。

　　他从熊外套里爬了出来。

　　"你是来杀……杀我的吗？"水獭一边结结巴

巴地问威利，一边朝后退缩着。

威利开始用自己锋利的牙齿去咬水獭脚踝上的锁链。

"我是来帮你的，"他说，"现在告诉我，这里发生了什么……"

水獭如释重负。"我真不太清楚，"他说，"我只是个艺术家，水獭奥斯卡。去年我卖给迪米特里几张画，都是抽象派的——和这幅的风格有点像。大概就在三个月前，我被一阵敲门声给吵醒，刚打开门就被蒙住了头。接下来我所知道的，就是我被锁链困在这里了。"

威利的牙自然弄不断这些锁链，于是他试着用手去拉扯。

"继续说。"他嘟囔着。

"他们要我复制这些奇怪的画，"水獭说，"每次我只能得到其中一幅，所以我从未看过全部的画。他们给我的画也都是些半成品——或者一角残破，或者边缘磨损。然而我得把这些半成品变成画——就像这张。最让人疑惑的是，这些画中有许多都是一样的。就像面前这幅画，我至少已经画了两次。"

威利突然停下来。"再说一遍？"

"我之前已经画过这幅画了。"水獭重复着。

威利住了手，思考起来。他给画拍了张照片，然后从口袋里拿出了那张大学同学的合影。

"你之前见过这照片上的狐狸吗？"

水獭盯着照片看了几秒，摇了摇头。

"有只雌狐狸曾带了条鱼给我，我挺喜欢吃

鱼的……"

"但不是照片上的这只?"威利指着维姬·维克森问。

"不是,送鱼的那只雌狐狸的毛是亮棕色的。等一下,我记得她离开后我画过她的肖像。我把我所有的画都藏在那个水泥板下了。你把水泥板抬起来,我给你找。"

威利走过去,准备抬起水泥板。也就几秒钟的工夫,只听见一声巨大的哐当声。

迪米特里出现在了门口,身后是威利在巴黎见过的两匹狼。

"我们完蛋了。"水獭哭着蜷缩起来,躲到了画的后面。

"狐狸威利,你的动作倒是挺快的。我真希望你还躺在埃菲尔铁塔下。"迪米特里怒气冲冲地说。

"颜料大战！"威利一边大声喊，一边放下水泥板，他的声音盖过了水泥板发出的声响。

他拿起手边的一罐红色颜料扔了过去，迪米特里瞬间从头到脚都成了红色。

其中一匹狼上前一步，威利连忙向他扔了一罐蓝色涂料。狼停下了脚步，不得不抬手去擦拭糊在眼睛和耳朵上的颜料。

另一匹狼拿起一罐黄色颜料扔向威利。

威利舒展双臂，让身体的每一部分

都涂上黄色。然后他抓起油画布后的
两罐颜料递给水獭。

"尽量用力把颜料扔出去。"他说。

于是在接下来的两分钟里，房间
里满是乱飞的颜料。最后，每
个动物身上都沾满了黏黏的
五颜六色的涂料，大家都累得
气喘吁吁。

"抓住他！"迪米特里喊道。

然而此刻已经分不清谁是狐狸
谁是狼了。

"是，老板。"威利一边用纯正
的俄语回答，一边跑向身边
的一匹狼。另一匹狼也
跟了上来。这时威利
退到一边，让混着颜

料的两匹狼扭打在一起，他们彼此撕扯，直到打出了房间。

"两个蠢货！"迪米特里一边咆哮，一边抓起手边的空颜料罐扔向威利。

侦探左跳右跳，躲开了迪米特里扔过来的瓶瓶罐罐。

"打不着！"威利喊道。

接着他一把抓过水獭刚才画的那幅画，挡在自己前面。颜料瓶打在了油画布上。画布像一个大蹦床，把颜料瓶反弹了回去，直飞向迪米特里。

迪米特里被打中鼻子，整个身子飞了出去。他一个趔趄着地，把周围的东西全都碰翻了，最后一堆画框、画笔、画布和水桶把他压在了最底下。

威利抓起桌上的一条绳子，绑住了迪米特里和两匹狼。

然后他转过身去看水獭。在刚才的扭打中，

一只从空中坠落的颜料瓶掉下来砸断了他的脚镣，

于是他逃得无影无踪了。

　　这位艺术家大概是个胆小鬼，威利想。

　　水獭之前说了什么？他画了一幅狐狸的肖像，

就藏在水泥板下。威利抬起水泥板，下面是一张叠好的纸。他打开纸，看到的是：

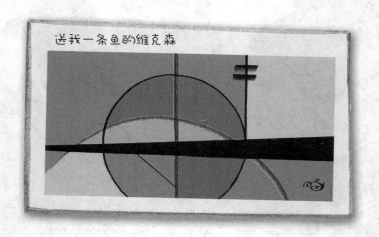

哦不！这跟水獭的其他画作都是一个风格——画面全部由抽象的、奇异的图形组成。原以为这会是很有价值的线索，谁知根本派不上用场。水獭现在又不见了踪影，威利也无法再问他些问题。

威利在房间里快速搜索，寻找其他的线索。哈，果然有所收获！水獭在他画画的那张帆布背面写了一行字：

送给那只救了我的狐狸。如果有什么我能帮上忙的，请打这个电话：011 222 333。

威利打算一会儿去找水獭。如果他找到雌狐狸，水獭可以帮忙指认。

等探长刚把纸折好，那堆画框、画布和水桶下面传来了嗡嗡的声音。

是迪米特里的手机。

威利结冰了

威利从那堆杂乱的东西下面找出了迪米特里的手机。一条短信：

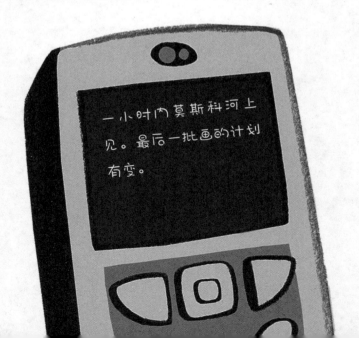

一小时内莫斯科河上见。最后一批画的计划有变。

　　运气不错。能发出这条短信的只有一个家伙——幕后操纵一切的那只狐狸。威利抽了抽鼻子，竖起耳朵，因为激动而有点脸红。

　　"狐狸威利，"他嘀咕着，"将以有史以来最快的速度破案。"

　　他拿出了自己的手机，拨通了艾伯特的号码，但通话转到了语音留言上：

对不起，我暂时不能接您的电话，听到爆炸声后请留言。

　　一阵爆炸声传来……

　　这就奇怪了。艾伯特一向都会及时接电话的。

　　威利决定打给苏西。他需要告诉苏西案子的最新进展，并告诉她马上就可以获得自由。他拨通了警侦组松鼠西比尔的电话。裘力斯是不会让他和苏西通话的，但是西比尔说不定可以。

但是威利等到的是另一条语音留言：

对不起，警侦组暂时无人应答，请在提示音后留言。

提示音响起。

这就更奇怪了。警侦组办公室不可能没有人。

"这次你没辙了，狐狸。"他的身后传来一个声音。

威利转过身，看到了摇摇晃晃的迪米特里。他的手和脚还是被捆住的，但他强撑着站起来靠在墙上。

"哦，是吗？"威利说，"为什么这么说？"

"你是赢不了她的，"迪米特里说，"她无所不闻，无所不知。"

"谁？你说的是谁？"

迪米特里摇了摇头。

　　威利拿出了那张老同学的合影。"是她吗？维姬·维克森？"

　　"这张照片里没有她，"迪米特里说，"但是，那个时候她和你们在一起。"

　　"你什么意思？"

　　"你是个侦探，自己查吧。"

　　迪米特里闭上了眼睛。

　　威利摇了摇他，但是熊又昏了过去。

　　狐狸侦探开始思考。六幅画，画了一遍又一遍，送去的地方是车库而不是美术馆，一只没有出现在照片里的狐狸。他又看了看手机上的画。

   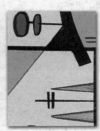

看来这次他真的没辙了。但他必须出发。不管他在莫斯科河上将见到谁，那家伙肯定知道答案。他穿上熊外套，离开了画室。

莫斯科河已经结冰，河面上堆满了雪。到处都是穿戴着冬衣冬帽玩滑冰的动物，年轻点的还踩着雪橇，彼此推推搡搡地玩耍着，上了年纪的毛驴们在亭子里卖热咖啡和热汤。

威利搜索着河面，寻找一只雌狐狸的身影。什么也没看到。她还没到。

过了一会儿，一群滑冰的动物散开了，出现了一只高挑优雅的狐狸。那狐狸戴着黑色墨镜，一条大盗风格的围巾遮住了半张脸。她用爪子提着一只巨大的手提箱，脚上穿着滑冰鞋。

狐狸距离威利差不多有二十米远，正盯着身穿熊外套的威利。她的脸上没有一丝表情。那不

是维姬·维克森。

威利深吸了一口气，试图嗅到这只狐狸身上的气味。冰面的那一头，这只狐狸也在做着相同的动作，她嗅到了威利的气味。她冷漠的脸上先是写满了惊讶，紧接着是愤怒。她迅速转身，加快了脚步。

威利见状立马脱下了熊外套。他跑上了冰面，迅速滑起来。照这样的速度，他恐怕是赶不上那只狐狸的。他需要找双滑冰鞋，或者滑板、雪橇之类的冰上交通工具——总之，光用爪子是不行的。

就在这时，他听到身后传来一个低沉的咆哮声："它也可以变成冰上摩托。"

"艾伯特？"威利惊讶地喘着气。

鼹鼠正骑着"大黄蜂"赶来，车的底盘下是两只巨大的滑板。

"'大黄蜂'坠落在了莫斯科，同时发出了求助信号，"艾伯特解释说，"我就赶来修车了。"

"你怎么能这么快赶到？"

"火箭袜，"他一边说一边看着自己的脚，"功能还需要进一步完善，下一次你就可以用了。总之，我把你的车子修好了，并锁定了你的手机信号。"

威利咧着嘴笑了。"聪明！但你得让让，让我来驾驶。"

艾伯特移到后位，威利一个箭步跳上了冰上摩托。他们一路追赶，不一会儿就赶上了狐狸。

她在滑冰的动物们中间飞快地转来转去，纵身飞越了好几架雪橇，在冰面上留下了一圈圈轨迹。

艾伯特拍下了她的照片，准备分析。

"任何数据库里都没有她的信息。"他说。

"没关系，"威利说，"等我们抓住她，一切就真相大白了。"

但是雌狐狸的脚步加快了，迅速往冰面薄的地方滑去。

威利也加快了速度，吓得好几个滑冰者东飞

西窜。

"你来操控，"他对艾伯特说，"尽量靠近她。"

鼹鼠握住车把，全速向雌狐狸冲去。威利在艾伯特的身后站了起来，准备跳车。

雌狐狸扭头看了一眼，吼了一声。

威利冲她跳了过去，然而她把手里的手提箱重重地砸向了威利。威利出于本能，一把抓住了

箱子。

雌狐狸往回拽。

威利也往回拽。

雌狐狸拽得更用力。

箱子突然开了，里面的东西掉在了冰面上。威利看到了六幅画，都是康狗斯基那种风格。雌狐狸

低头看了看画，又抬头看了看威利。她大吼一声，加速离开了，留下了散落在冰面上的画。

"艾伯特！"威利叫着。

但是鼹鼠还在五十米开外的地方，驾驶着"大黄蜂"绕了一个大圈。

威利奋力想站起来，但是冰面太滑了。他看着空箱子有了主意。几秒钟后，他就在冰面上滑起来了，箱子便是雪橇。

"把画收好，我去追狐狸！"他冲着艾伯特喊道。

很快，威利再次追上了雌狐狸。她吼叫着，跑得更快了，但是侦探也越滑越快。当他们来到河的下游时，威利注意到冰面已经越来越薄了。脚下的冰时不时地发出嘎吱的声响。

威利现在距离雌狐狸不到一米。他打算去抓住她的脚、胳膊和尾巴。她快速转了个弯，差点踩到破冰的区域。

"你是谁？"威利嘟囔道。

雌狐狸转了个身，就好像听到了威利的问题。

"想知道就来抓我吧。"她低声说。

她从脖子底下扯出一个潜水面具，跳进一条冰缝里，消失不见了。

威利用拳头砸向冰面，强行将手提箱停在了冰缝边上。他探出头想看清洞下的情况。说时迟那时快，洞下伸出一只胳膊，把他往下拽。

裘力斯冻坏了

水温接近零度，冰得刺骨。威利感到整个身体都冻僵了。与此同时，什么动物正用两只爪子狠狠地勒住他的脖子。威利睁开眼睛，但眼前的一切都变得模糊不清。他只能看到一只狐狸的轮廓和头顶上厚厚的冰层。他试图挣扎，但雌狐狸把他死死地抓住了。

他飞快地思考，想着口袋里有什么可以派得上用场的东西。没有武器，只有他的放大镜、湿漉漉的记事本和他的手机。

他的手机。他的手机防水防爆，也就是说他的手机现在还能用。

当雌狐狸狠狠地抓住他的喉咙不松手时，威利成功地把爪子伸进口袋掏出了手机。他屏住呼吸，但知道自己坚持不了多久。他用大拇指开启了手机的摄像模式。他艰难地举起手机，对准了那快要让他窒息的两臂之间，按下了快门。

即使在水底，闪光灯也照样能工作。当发现自己被拍了照时，雌狐狸连忙松手，去抢手机。

这正是威利的目的。侦探趁机按下了手机背面的蓝色小按钮。所有艾伯特改装的小玩意，都有这种按钮，专在紧急情况下使用。而当下的情况可以说是相当紧急了。

手机屏幕上出现了一行字：

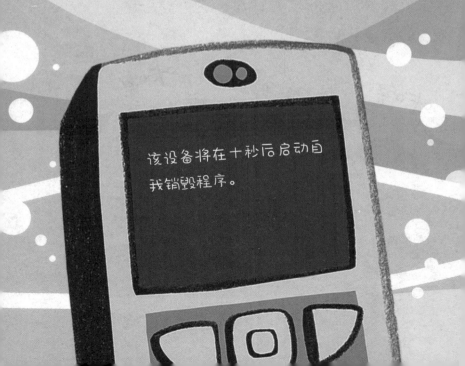

该设备将在十秒后启动自我销毁程序。

哪怕是在水下，屏幕上
的文字也清晰
可见。

雌狐狸迟疑了一下。
她看了看威利，又看了看
手机，然后逃开了。

手机发出隆隆的声音，威利往
水面游去，那里什么也没有，除了厚厚
的冰层。现在想找到刚才掉下来的洞是不
可能的——它早就不见了踪影。

但这是他计划的第二步，虽然他并不确定是
否奏效。他用手机把厚厚
的冰层凿出一条缝，
然后把手机塞了进
去。接着他往水底

游去。

游出十米远，手机爆炸了，把冰面炸出了一个巨大的洞。爆炸让威利掀了好几个跟头，但幸好他还能保持清醒。

侦探尽全力快速地向水面游去。他感到肺里的氧气正在一丝丝耗尽。眼前慢慢蒙上了一层黑色的幕帘。在他即将晕过去的一刹那，他的头浮出了水面。他深深地吸了一口气，瞬间浑身的力量又回来了。

"艾伯特！"他喘着粗气喊道。

"你抓到她了吗？"他问。

"没有，但我知道她是谁了，"威利笑着爬上岸，"就像迪米特里说的，她不在照片里，但那时她和我们在一起。"

威利把照片拿出了口袋。虽然照片已经湿了，但没有破损。

"你的意思是她藏在照片中的某棵树后？"艾伯特问。

威利摇了摇头。"想想还有谁能有这张照片?"

艾伯特想了想,笑了。"拍照的那个。"他说。

"这就是她不在照片里的原因。"威利说,"她叫克拉拉,是我见过的最聪明的狐狸,没有之一。刚才在河里,我透过河水看清了她的脸。"

"但她到底要干吗?动机是什么?"艾伯特问。

"我们先离开这里,"威利说,"路上和你解释。"

艾伯特骑着"大黄蜂"往岸边开去。

"克拉拉非常聪明,"两人上路后,威利说,

"每次考试都得第一，但有点迷信。她总是随身带着她的幸运物，一只毛茸茸的、丢了一只眼睛的海鹦，名叫吉利船长——克拉拉小时候就带着它，寸步不离。每次考试，克拉拉也会把它放在自己的桌子上。"

"所以她认为海鹦会带给她好运？"

"没错。有一天，克拉拉把吉利船长弄丢了。也许是有谁搞恶作剧，把它偷走了——我们找遍了所有能想到的地方，都没有找到。总之从此她就陷入疯狂，天天给警察局打电话，逮着谁吼谁，除非他们帮她找到吉利船长。当然，警方并没有把这当回事，毕竟只是个毛绒玩具而已。但从此以后，克拉拉不再用功，每次考试都垫底，而且向我们所有人挑衅滋事，连老师也不例外。几个月后，她就被

劝退了。"

"你的意思是，她就为了一只毛绒海鹦而走上了犯罪之路？"艾伯特问。

"毛绒海鹦只是一切的开端，"威利说，"但我们必须知道在那以后都发生了什么，而她现在又在干什么。你把那些画带来了吗？"

艾伯特点点头。

"我们现在找个安静的地方，看看能从中找到什么线索。"威利说。

艾伯特把轻型摩托车停在了靠近红场的码头。在他们身边，有的动物在玩雪橇，有的在玩滑雪板。

他们把"大黄蜂"停好，一路步行去克里姆林宫。穿过红场的时候，他们听到了一个熟悉的声音。

"站住！不许动！"

威利抬起头，看到斗牛犬裘力斯、松鼠西比尔和十五位警察挡住了他们的路。

"裘力斯……看在上帝的分上……"威利结巴着说。

警察们手里都拿着雪球。

"别抵抗，威利，"西比尔央求道，"让我们来处理案子。"

"我就是在处理案子。"威利说。

"我们知道你和这个案子有关联，威利狐狸，"裘力斯说，"我们在巴黎的一间车库里查到了迪米特里的相关线索，发现车库里都是你的爪印。然后我们又搜查了迪米特里在莫斯科的画廊，也发现了你的爪印。"

"那是因为我也在查这个案子。"威利说，"听着，裘力斯，这个案子背后的主谋名叫克拉拉，我和她都是警探学校毕业的。这些画都是证据，我需要找到她，弄清楚她到底在谋划什么。"

"好了，我会重视你提供的线索。"裘力斯说完，转向其他人："现在，发射！"

一瞬间无数雪球从四周扔向威利和艾伯特。威利迅速拉住艾伯特逃跑，他们躲到了一个雪堆背后。

"现在，艾伯特，"他说，"你准备雪球，我来发动进攻。"

鼹鼠立马把雪球集中到一起，在威利的脚边一字排开。威利扔出了第一个雪球，正砸中一位中士的鼻子。

无数的雪球朝他俩扔了过来——雪球左左右右地落在威利和艾伯特的身边，而雪堆完全挡住了正面的攻击。

威利从雪堆顶端探出脑袋，一个巨大的雪球恰好从他的两只耳朵之间飞过。

"裘力斯！"威利喊道，"克拉拉正在酝酿一个大阴谋。我们这样打来打去只是浪费时间。"

裘力斯的回复只是一个雪球，随后他的队伍

又扔过来好几十个雪球。这些雪球一个个堆积在雪堆的顶部，让雪堆摇摇欲坠。

"雪堆快塌了，艾伯特，"威利说，"你能再快点吗？"

但是艾伯特已经累得上气不接下气了。

"让我再看一眼他们的具体位置。"威利说。

他从雪堆的侧面探出脑袋，一个巨大的雪球砸中了他的脸颊。

"还不投降？"裘力斯大声吆喝。

"太好了，"威利说着，跪在了艾伯特的身旁，"我有个办法。他们退守在宫殿一侧的墙下，墙头顶上堆积着厚厚的一层雪。"他悄悄地对着艾伯特的耳朵说。艾伯特先是皱了皱眉，然后点了点头。

"开始吧！"威利说。

他把艾伯特像球一样在雪里滚了几圈，直到艾伯特变成一个"大雪球"。随后这位大侦探使出全身

的力气，把"艾伯特雪球"扔向了对面的屋顶。"雪球"从空中飞过，在这帮警察的头顶发出一阵呼啸声。

"没打着！"裘力斯大喊。

"艾伯特雪球"落在了宫墙的顶上，一切如威利计划的一样。鼹鼠从雪球里跳出来，对着墙顶上的雪又踢又推。

一阵可怕的隆隆声传来，裘力斯抬头看了一眼。他刚意识到发生了什么，头顶上就像发生了雪崩一样，还在咆哮的裘力斯和他的同事都被埋进了一个高两米的雪堆里。

"休息时间到！"威利笑道。

速战速决

　　艾伯特从墙顶上滑下来，和威利会合了。那些警察此刻正忙着刨雪堆，想往外爬。威利和艾伯特准备离开红场继续去追踪克拉拉，不料松鼠西比尔拦住了他们。

　　"抱歉，威利，"她说，"我不得不逮捕你。"

　　"你逃过了雪崩？"威利说。

　　"看到你在准备的时候，我就知道你想干什么了，"西比尔说，"可怜的艾伯特——你总是这么折磨他。"

　　"啊哈，我不介意。"艾伯特一边说一边挠了挠后背，"我还挺喜欢这么干的，真的。"

"听着，西比尔，我会把整件事情告诉你，"威利说，"听完你再决定是否要把我们抓起来。快点，不然你的上级要追过来了。"

西比尔看了一眼压在雪堆里的裘力斯。"好吧，"她说，"这样最好，不然他会把我抓起来的。"

威利、艾伯特和西比尔一起穿过红场，躲进一家咖啡馆，在僻静处找了一张桌子坐了下来。威利拿出了克拉拉的画，一共六幅。

"这些都是克拉拉的。"威利解释说。他把克拉拉的大致情况和自己与克拉拉曾经同窗的事都告诉了西比尔。

"她把这些草图寄给了迪米特里·戈塔伯特米奇，"他继续说，"而迪米特里囚禁了一位艺术家——水獭奥斯卡——就在他莫斯科的画廊里。奥斯卡在迪米特里的囚禁下作画，再由迪米特里把这些画走私到海外。这些画看上去不过就是普通的抽象派作品，所以不会引起任何人的怀

疑。这些画最终都被运到了巴黎的车库里——用来做什么，我还不知道。但总是这六幅画。直觉告诉我，这批画的目的地不是巴黎——而是别处。"

"为什么会有一幅出现在苏西娜娜的美术馆里?"西比尔问。

"那完全是个巧合,"威利说,"其中一幅画被送到了迪米特里的画廊,被苏西看上了,她当场就决定把画买下来。当时在画廊里帮忙的工作人员不知道那幅画是要被送到新锐美术馆的。"

"那克拉拉现在在哪儿?"西比尔问。

"半小时前在莫斯科。拜她所赐,我差点被淹死。"威利说,"我相信,所有问题的答案——无论是她的下落还是她的目的——都在画里。"

西比尔和艾伯特盯着六幅画看。

"这是个广播天线吗?"艾伯特指着其中一根比较长的线,说。

"我不确定,"西比尔说,"也许是某处的地图?"

"是哪处呢?"艾伯特问。

"我不知道,"西比尔叹了口气。"看起来,真的是个谜。"

威利突然不说话了，绕着六幅画走来走去。

"是的，"他嘟囔着，"是的！"

"是什么？"艾伯特问。

"一个谜，一个谜，"威利小声说着，"你说那是个谜，的确如此。"

威利把六幅图在手里转来转去，然后再把它们摆回桌面。

"噢，不，糟糕，"艾伯特低声说，"这真是太糟糕、太糟糕了。"

"怎么了？"西比尔问。

"这是一个大型鱼雷，"艾伯特说，"从这个枪管可以发射出大束激光，足以摧毁整座城市。"

正说着，一位女侍者出现了——一只系着白色围裙的袋狸。

"你们三位中，谁是狐狸威利？"她问。

威利抬头看了一眼："谁问你的？"

女侍者递给他一张纸条。"她说，你看了就知道是谁了。"

威利看上去心事重重。

希望你的咖啡喝得愉快。一小时后来17号楼D公寓，否则我就炸了莫斯科。一个人来，带着我的画。

"天呐，你不能去！"艾伯特喊道。

"艾伯特是对的，"西比尔说，"如果她真的在制造这种武器，她肯定不会让你活着回来。"

"我必须去，莫斯科有危险。"威利说，"别忘了，我了解克拉拉。我会试着和她讲道理。如果讲不通，我还有其他办法。这就需要找到一只水獭，还要一些纺织布料和适合高速运动的衣物。但是，这一切都得依靠你们的帮助。"

艾伯特和西比尔彼此看了一眼。

"我加入。"艾伯特说。

"我也加入。"西比尔说，"具体计划是什么？"

二十分钟后，威利进了 17 号楼的楼道，往 D 公寓走去。

侦探敲了敲门，没人应答。他拧了一下门把手，发现没有上锁，于是他推门进去。

威利发现自己此刻身处一个接待区。房间尽头是一扇毛玻璃门，门的旁边是一把椅子，对面的墙上挂着两幅画，都是著名画家的作品：一张是《青蛙捉苍蝇》，另一张是《黄鼠狼追兔子》。某处扬声器里传来了管弦乐声。

看起来这似乎是一幢普通公寓楼里的传统格局的办公室。这就是克拉拉的总部吗？

威利推了推毛玻璃门，发现它是锁着的。他

只好等。

　　探长在门口的椅子上坐了下来。他刚一坐下，立刻意识到自己犯了一个错！一声"咔嗒"，皮绳绑住了他的身体和双腿，让他动弹不得。这时，脚下的地板移开，他便掉了下去。

　　威利努力保持冷静，但没过几秒，他就吓得喊了起来。一低头，他发现地面正以很快的速度

向他冲来。这时，椅子出现了，不知怎的开始减速，最后哐啷一声，落到了一块石头地上。

探长发现自己的鼻子都要和鱼雷撞到一起了。

"你好，威利。"他的身后传来一个声音。

克拉拉来到他的面前，看着他。

"我知道你会来，"她说，"只需要告诉你，我要炸了莫斯科，你就会屁颠屁颠地跑来，想

要阻止我。"

克拉拉高挑纤瘦，一双绿色的眼睛细细长长。她用爪子握着一个遥控器，把身子凑上前，从威利的爪子里抢走了画。

"我想，这是我的吧。"她说，"现在来试试我的新玩具吧。"

"克拉拉，我们谈谈吧。"威利说。

"我们是得谈谈，"克拉拉说，"我会一五一十地告诉你，我要掌控整个世界的计划。瞧这些'美人'，我已经有五个了。一个就在莫斯科，另外四个在里约热内卢、悉尼、纽约和北京。第六个本来是要送到巴黎去的，你搞砸了我的计划。"

威利抬头看了看眼前的鱼雷。"让我做点什么补偿我的过失，"他说，"我想加入你的队伍。"

"演得不错，威利，"克拉拉说，"但是你忘了，我们可是一起上过警探学校的——假装你和敌人是一伙的——这招我们开学第一周就学过了。你还是省省吧。我现在要试试我的鱼雷了。眨眼

的工夫，你和你背后的这面墙就会灰飞烟灭，而
其他一切都将完好无损。"

威利抬头看了看克拉拉和他所在的地下
室，这里就像个墓穴。他知道自己唯一的机会就
是让克拉拉一直讲话，这样他后面的计划才能
奏效。

"为什么要六个，一个不够吗？"他问。

克拉拉顿了一下。"我们即将进入第二周。你
赶紧说点好听的，巴结巴结眼前的这个恶棍，问
问她关于鱼雷的计划。只有这样，你才可以为自
己争取更多的时间。你知道我为什么讨厌警探学
校吗？整天学习这种小儿科的知
识实在是浪费时间。"

"好吧，那么让我来替你
回答，"威利说，"六枚鱼雷同时
爆炸，这样你就可以毁灭整个世界
了，对不对？"

克拉拉眨了眨眼。"非常好，

狐狸威利。如果有六枚鱼雷同时朝地核发射，所产生的能量足以摧毁这个星球。"

"所以你才处处小心，把鱼雷的工程图分成六幅画，利用艺术品交易来走私它们。"

克拉拉咧嘴笑了。"不集齐六个我是不会罢休的。其他交易手段我都不放心。难不成把它们放进手提箱？海关一定会搜查我的。或者电子邮件？政府会监控我的所有邮件往来。好在我平时喜欢收集画作，我发现没有海关会搜查我买的画作。于是，我就去见了迪米特里。接下来的事情，你应该都知道了。"

趁着克拉拉说话的机会，威利不停地在口袋里摸索着。这很难，因为爪子被皮绳绑在了身体两侧，行动很不方便。但幸运的是，他摸到了口袋里的放大镜。

"不巧，苏西娜娜把你的计

划搞砸了。"威利说。

"没错，"克拉拉说，"自从画到了她的手上，事情就一发不可收拾。迪米特里做事太不小心了，而我料到苏西会去找你。动物中，谁不知道你的名气大，谁不说你乐于帮助别人。我还给迪米特里寄了张你的照片，叮嘱他要防着你。结果他还是搞砸了。都是些蠢货。"

威利把放大镜放在自己膝盖

上。"可是克拉拉，你做这一切都是为了什么呢？"他问，"你过去……好吧，你过去那么爱笑。"

"我现在也是啊，"她说，"我发现了其他有趣的东西，你不会懂的。"克拉拉按下了手中的遥控器。"再见，威利。"她咯咯地笑了起来。

大鱼雷开始颤动，发出嘈杂的声音。

威利艰难地拧动自己的胳膊，好使膝盖上的放大镜角度正确。

"这一切都是为了什么？"他大声喊着，盖过了鱼雷的声音，"金钱？名誉？权力？"

"错，"克拉拉说，"那些我都看不上——我就想毁灭世界。先把你解决了，然后在马德里合成第六枚鱼雷，我就大功告成了。"

"可这样你也活不了！"威利争辩着。

"无所谓，"克拉拉说，"自从你们中有人偷了我的海鹦船长那天起，我就不想活了。现在，我要让你们所有动物为我陪葬。"

克拉拉按下了遥控器上的另一个按钮。"就从你开始吧。"

一大束能量从鱼雷的尾部喷射出来。但是威利的计划起作用了！他之前打算利用放大镜改变光束的方向，果不其然，光束照在放大镜上后，立马改变了方向，把他腿上的皮绳炸开了。

威利突然从座位上跳起来逃跑，椅背还绑在他的身上。

克拉拉用了好几秒才明白眼前发生了什么。她疯了一样地按住手里的遥控器，嘴里大声咒骂着。鱼雷一边飞速旋转，一边朝威利飞去，不断地在墙面和地板上钻出大洞。

威利左躲右闪，但无路可去，只能试着把背上的椅子甩开。

"杀了他！杀了他！"克拉拉喊着。

威利想到了艾伯特和西比尔。也许他的另一个计划已经奏效，但在这种情况下，他恐怕没命等到了。

"杀！"克拉拉再次喊道。一束紫色的火光贴着威利的脑袋射出。

威利感到一阵绝望。他想要跑到鱼雷后面，可背上的椅子甩来甩去，把他绊倒了。当他摔倒在地板上时，耳边传来了大鱼雷快速旋转的声音。

"你死定了！"克拉拉说。

"等等！"头顶传来一个声音。

鱼雷的声音太大了，在场的人都没有听到"大黄蜂"的声音。此刻它正从克拉拉的地下室上方，拼命地朝下打洞。

嘎吱一声，轻型摩托车掉了下来，停在了地面上。

驾驶座上是松鼠西比尔，后面坐着艾伯特，他的手里是一只毛茸茸的海鹦。他把海鹦高高地举在空中，好像手里握着一座奖杯。

"吉……吉利船……船长！"克拉拉连话都说不出来了。

"没错，"西比尔说，"如果你不放了威利，我就把它撕成碎片。"

"你们……怎么找到的？在……在哪儿找到的？"克拉拉结结巴巴地说。

"我们去了趟警探学校，把每个房间都搜查了一遍，"艾伯特说，"在2C房间一个上了锁的柜子里找到了它。"

"我的老房间！"克拉拉说，"让我看看它的眼睛。"

西比尔举起柔软的玩具，雌狐狸直直地看着海鹦的脸。它的一只眼睛被一根线头吊着。

"是它。"克拉拉低声说。

"现在，快放了威利，投降吧。"西比尔说。

"让我先抱抱它，"克拉拉乞求着，"就抱

一下。"

威利艰难地站了起来，解开身上的绳子。

"不可以，"他说，"你要先关闭所有鱼雷的设备。然后，我需要所有参加了此次行动的动物名单。如果你配合我们，你就可以和吉利船长团聚，并永远在一起。"

克拉拉停下来想了想，低头看了一眼遥控器。她耸耸肩。"谁还在意那些蠢鱼雷？"她把遥控器扔给了威利。

探长按下了遥控器。房间中央的大鱼雷发出一声沉重的声响，熄火了。

克拉拉从口袋里拿出一张记事卡。"这是参与人员的名单和他们的住址。好吧，现在可以把我的海鹦还给我了吧？"

"得先戴上手铐。"西比尔说。

克拉拉伸出自己的爪子，西比尔给她戴上了手铐。

几秒钟后，一队警侦组的人马涌进了地下室。

他们从 D 公寓的升降机井下来，一个个从
"大黄蜂"刚才挖的洞里爬出来，来到了地
下室。

裘力斯走在最前面。

"我们接到线报，说这幢楼里发
生了爆炸，"裘力斯说，"到底在搞什
么鬼？"

"你好，中士，"西比尔说，"我刚
要找你汇报。画的案子已经了结，鱼
雷都已关闭，犯人也被我们控制住了。
警侦组这次又大获全胜了。"

裘力斯一脸狐疑地看着威利，又看了
看已经熄火的鱼雷。

"嗯……"他说，"一切尽在掌握中。所有人，
撤退。"

西比尔冲着威利眨了眨眼，带着克拉拉在其
他同事的护送下走出了地下室。

"祝贺你，裘力斯，"威利说，"这一切多亏

了西比尔。你有个非常得力的
下属。"

"嗯……"裘力斯说，"毕
竟她是我手把手带出来的。也就是
说——我们没有你，也能破案。你以后永
远不要干涉警察办案了。"

"一定。"威利说。

裘力斯跟着其他警察走出了地下室。

艾伯特走向威利。"你觉得克拉拉什么
时候会发现海鹦是假的？"

地下室突然传来一声尖锐刺耳的尖叫。

"大概就是此刻。"威利说。

威利出现在了苏西娜娜在巴黎的美术馆，打量着墙上的新画。

他听到身后有高跟鞋的声音在踱来踱去。

"你觉得这些画怎么样，狐狸先生？"苏西问。

第一幅是《青蛙捉苍蝇》，第二幅是《黄鼠狼追兔子》。

"我之前肯定在哪儿见过这些画。"威利微笑着说。

"克拉拉一被捕，她的画就被政府查没了，"

苏西说，"我挑了这几幅，几乎没花什么钱。"

威利点点头。

"我觉得值了——坐了趟监狱，换回这些画。"
苏西说。

威利又点点头。

"所以，狐狸先生，你可以告诉我，你是怎么
破案的吗？"

"你想知道哪部分？"

"就是最后的，"苏西说，"你本来差点就要被一枚大鱼雷给炸得粉碎了。"

　　威利笑了笑。"我在那里有接应。我知道关于克拉拉的幸运物的事，水獭奥斯卡曾对我说过，如果我有需要可以找他。于是，我就让复制大师奥斯卡做了一个假的幸运物。"

　　"他能复制一个毛茸茸的海鹦？"苏西问。

　　"他可以。只是需要一些东西——颜料、布、填充物、羽毛。我知道艾伯特可以在网上找到海鹦的设计图。然后我再提供一些细节，比如海鹦只有一只眼睛。艾伯特和西比尔以最快的速度赶去了水獭的工作室，十分钟就把小海鹦做好了。不需要非常完美，只要能暂时糊弄住克拉拉就行。"

　　"嗯，"苏西说，"她现在一定气坏了。"

　　威利继续朝门口走去。

　　"是的，"他说，"但是她此刻已经被关进了格林岛最高警戒监狱。没有谁能从那里逃出去，除了一个动物。"

"是吗？谁？"苏西问。

"我啊。"威利一边说，一边推开门走上了大街。

他转身露出一个微笑。"那是另一个故事了。"

狐狸威利

侦探公司

狐狸
大侦探系列

每集一座城市、一种风土人情、一个高科技装备
跟随动物界著名大侦探到世界各地惊险探案!

《神秘香水配方》

《甜点大赛离奇事件》

《伪装者之谜》

《美术馆盗窃案》

《神秘香水配方》

本集目的地：意大利—中国

本集高科技装备：黑色人力车

调香大师配制了一种奇特的香水，它的香味能令闻者失去神志，痴迷其中长达好几天。这样的香味虽然魅力非凡，但一旦被用心叵测的坏蛋利用，后果不堪设想！果然，秘密收藏香水配方的保险柜失窃了！

《美术馆盗窃案》

本集目的地：法国 — 俄国

本集高科技装备："大黄蜂"轻型摩托

有一天，巴黎一家私人美术馆的馆长怒气冲冲地来到大侦探威利的办公室，说有坏蛋威胁她的生命安全，仅仅因为她买下了一幅画，而且只是一位名不见经传的新人画家的作品！大侦探嗅到了其中的古怪，但很快，画就在他的眼皮子底下被盗了！

《伪装者之谜》

本集目的地：美国 — 亚马孙雨林

本集高科技装备：冲天棍

大富豪绵羊希利奶奶外出多年的孙子突然出现，但是他的同胞姐姐疑心弟弟是坏蛋假冒的！眼看奶奶即将把财产转让给弟弟，苦于没有证据揭穿冒牌货的姐姐只好秘密邀请大侦探狐狸威利来帮忙查案。

《甜点大赛离奇事件》

本集目的地：日本—澳大利亚

本集高科技装备：万能小勺子

超人气节目甜品大赛已经进行到最后的关键时刻，可三位评委竟然同时将晋级的选票投给了现场最失败的一份甜品，导致一位最具人气的选手被出局。主持人质问三位评委，可评委们纷纷坚持自己是公正裁决！究竟怎么回事？是谁在说谎？只能请大侦探威利出场了！

（"狐狸大侦探系列"未完待续）